ATELIER

DE

A. VÉLY

VENTE

Par suite de son Décès

PARIS. — IMPRIMERIE CHAIX, 20, RUE BERGÈRE. — 10290-2.

Vente du Mercredi 24 Mai 1882

HOTEL DES VENTES, SALLE N° 2

A DEUX HEURES

ATELIER DE A. VÉLY

ARTISTE PEINTRE

Par suite de son Décès

TABLEAUX, DESSINS

ÉTUDES

MEUBLES ANCIENS

ÉTOFFES — COSTUMES — ARMES

INSTRUMENTS DE MUSIQUE

OBJETS DIVERS

ANCIENNES TAPISSERIES

M° QUÉVREMONT

COMMISSAIRE PRISEUR

Rue Richer, n° 46

M. REITLINGER

EXPERT

Rue de la Paix, n° 20.

EXPOSITION PUBLIQUE

Le Mardi, 23 Mai 1882, de 1 heure 1/2 à 5 heures 1/2

PARIS — 1882

CONDITIONS DE LA VENTE

Elle aura lieu au comptant.

Les Acquéreurs paieront CINQ POUR CENT en sus des en-
chères, applicables aux frais de la vente.

Œuvres de A. VÉLY

TABLEAUX, ESQUISSES

ÉTUDES

1 — Liseuse.
2 — Profil de Femme.
3 — Tête de Paysanne.
4 — Petits Marins, esquisses.
5 — Doux Souvenirs.
6 — Tête de Femme, tableau.
7 — Petite Fantaisie,

8 — La Source, esquisse.

9 — Femme nue, étude.

10 — Femme nue, étude.

11 — Femme nue, étude.

12 — Petite Italienne, esquisse.

13 — Femme couchée, esquisse.

14 — Portrait, esquisse.

15 — Etude pour la Réprimande.

16 — La Chanson, esquisse.

17 — Le Premier pas, esquisse.

18 — Lucy de Lamermoor, esquisse.

19 — Souvenir de Villerville, esquisse.

20 — Le Cœur s'éveille, esquisse.

21 — La Source, esquisse.

22 — Enfant couché sur une peau de léopard, étude.

23 — Nature morte, esquisse.

24 - Puits, étude pour le Puits qui parle.

25 — La Lecture, esquisse.

26 — Méditation, esquisse.

27 — Confidence, esquisse.

28 — Étude pour le Puits qui parle.

29 — Étude pour le Puits qui parle.

30 — Page et Mandoline, esquisse.

31 — Page et Mandoline, esquisse.

32 — Étude pour l'Amour et l'Argent.

33 — L'Amour et l'Argent, esquisse.

34 — L'Amour et l'Argent, esquisse.

35 — L'Amour et l'Argent, esquisse.

36 — Lucy de Lamermoor, esquisse,

37 — Confidence, esquisse.

38 — Cloître, étude.

39 — Les deux Frères, étude.

40 — Femme couchée, étude.

41 — Sainte Madeleine, étude.

42 — La Source, esquisse.
43 — Lucy de Lamermoor, esquisse.
44 — Marine, esquisse.
45 — Marine, esquisse.
46 — Notre-Dame-de-la-Salette, esquisse.
47 — Tête de Femme, esquisse.
48 — Étude de fond.
49 — Étude de fond.
50 — Étude de fond.
51 — Étude de fond.
52 — L'Amour et l'Argent, esquisse.
53 — Le Cœur s'éveille, esquisse.
54 — Emilienne, esquisse.
55 — Étude encadrée.

DESSINS PAR A. VÉLY

56 — Abel mort.
57 — Page et mandoline.
58 — Page et mandoline.
59 — Page à l'épée.
60 — Page assis.
61 — La Lecture.
62 — Jeune Fille offrant des fleurs et des fruits.
63 — Rêverie.
64 — Le Puits qui parle, (dessin à la plume.)
65 — Jeune Femme à l'épée.

66 — Liseuse.
67 — Jeune Fille endormie.
68 — Femme assise, étude.
69 — Femme assise, étude.
70 — Le Premier pas, étude.
71 — Le Premier pas, étude.
72 — Etude pour la Rêverie.
73 — Étude pour l'Amour et l'Argent.
74 — Étude pour le Cœur s'éveille.
75 — Étude pour l'Amour et l'Argent.
76 — Étude pour le Premier pas.
77 — Étude pour la Méditation.
78 — Étude de Femme endormie.
79 — Étude pour Lucy de Lamermoor.
80 — Étude (Page et Chatelaine.)

TABLEAUX ET DESSINS

par **DIVERS**

---

81 — Henner, Tête de Femme, tableau.
82 — Machard, étude.
83 — Machard, étude.
84 — Nozal, grand tableau paysage (Chênes, Brenne-
     Berri.)
85-88 — Quatre dessins de Butin.
89 — Tableau ancien.

MEUBLES
ET OBJETS DIVERS

90 — Armoire en chêne gothique, à quatre portes sculptées.

91 — Grande Stalle, Renaissance.

92 — Fauteuil Louis XIII, couvert en cuir.

93 — Chaise Louis XIV, sculptée.

94 — Fauteuil Louis XIV.

95 — Petit Coffre gothique.

96 — Bergère Louis XV.

97-98 — Deux Chevalets.

99 — Une Table à peindre.

100-101. — Deux boîtes à peindre.

102 — Un Porte-Modèle.

103 — Un Dévidoir ancien.

104 — Un Rouet Louis XVI.

105 — Divan recouvert en étoffe de Caramanie,

106 — Canapé acajou, recouvert en reps.

107 — Chaufferette Louis XIII, en cuivre.

108-109 — Deux Escabeaux.

110 — Horloge Louis XIII.

111 — Fer de Hallebarde, lame gravée.

112 — Autre Fer de Hallebarde.

113-114 — Deux Épées anciennes.

115 — Une Pique.

116 — Poignard moderne, lame à rigoles.
117 — Chassepot incomplet.
118-120 — Trois sabres de Cavalerie.
121 — Soufllet formé d'un ancien canon de fusil.
122 — Ancien Instrument de Musique, en cuivre.
123-124 — Deux Trompettes anciennes.
125 — Marguerite, buste terre cuite.
126 — Tête en plâtre.
127-128 — Deux Perroquets.
129 — Bas Relief carton, hippogriffe.
130 — Une Guitare, marquetée de bois et d'ivoire.
131-133 — Trois autres Guitares.
134 — Très belle Mandoline.
135-136 — Deux autres.
137 — Vierge, Statue en bois sculpté.
138-139 — Deux Statuettes de Saints, en bois sculpté.
140 — Casque en bois.
141 — Vase à Goulot, en ancienne faïence italienne.
142 — Un autre.
143 — Hibou en platre.
144 — Vidrecome, cristal, taillé, couvercle étain.
145 — Baudrier Louis XIII.

COSTUMES ET ÉTOFFES

146 — Costume complet Louis XIII, en drap, bottes et
    souliers de Clootens.
147 — Autre costume complet Louis XIII, en cuir,
    bottes, souliers, et baudrier de Clootens.

148 — Paire de souliers Louis XIII de Clootens.

149 — Robe de satin rose garni de dentelles en argent.

150 — Robe de satin blanc, ayant servi pour « Le premier pas. »

151 — Costume de « l'Amour et l'Argent. »

152 — Robe en satin broché.

153 — Robe en damas rouge.

154 — Jupe en satin vert.

155 — Robe en satin blanc.

156 — Habit directoire, gris rose rayé.

157-159 — Trois maillots.

160 — Selle en velours rouge.

161 — Tablier de Taffetas Louis XVI, à reflets vert et feu.

162 — Manteau en satin broché rose.

163 — Un corsage et un pourpoint en velours de Gênes.

164 — Habit de cérémonie Louis XVI, velours brodé.

165 — Costume vénitien, satin rouge et drap d'or.

166 — Robe ayant servi pour le tableau « La Méditation. »

167 — Pourpoint d'enfant de « l'Amour et l'Argent. »

168 — Jupe Louis XVI rayée.

169 — Robe satin blanc (défaite).

170 — Draperie brodée.

171 — Morceau de velours rouge.

172 — Tablier d'Italienne.

173 — Morceau d'étoffe Louis XIII à fleurs.

174-177 — Quatre morceaux damas vert.

178 — Draperie jaune.

179 — Habit Louis XV, gorge de pigeon.

180 — Costume de Page du « Premier pas ».

181 — Pourpoint en velours renaissance avec deux paires de manches distinctes.

182 — Morceau de velours ancien, bleu.
183 — Lot de gilets.
184 — Lot de corsages.
185-186 — Deux culottes.
187 — Plusieurs manches.
188 — Un lot de morceaux.
189 — Chemise italienne.
190 — Une Chasuble.
191 — Un Manteau velours noir.
192 — Un Pourpoint.
193 — Costume breton.
194 — Un lot de franges.

TAPISSERIES ANCIENNES

195 — Grande et belle Tapisserie Renaissance, paysage, personnages et animaux, toutes bordures.

196 — Grande Tapisserie, verdure, Louis XIV, verdure et oiseaux.

197 — Une autre.

198-199 — Deux Portières, verdure.

200 — Morceau de Tapisserie, verdure.

LIVRES

201 — Encyclopédie et Théologie, par l'Abbé Migne, 50 vol. in 4º brochés.

202 — Perenes. Biographie universelle.

203 — De Norvins. Histoire de Napoléon Ier, 1 vol.

204 — Boisard. Fables, 2 vol.

205 — Blanchard, Pierre. Le Voyageur de la jeunesse, 2 vol.

206 — Ducis, J.-F. Œuvres, 5 vol.

207 — Florian. Théâtre, fables et nouvelles.

208 — Bible ancienne, allemande, illustrée par Raphael.

209 — Costumes anciens, 1 vol. daté de 1581.

210 — Un fort lot de Volumes, reliés et brochés.

PARIS. — IMPRIMERIE CHAIX, 20, RUE BERGÈRE. — 10288-2.